위안사물도

慰安私物圖

위로하여 마음을 편안하게

하는 사물을 그린 그림

박선희 글그림

위안사물도

이것은 누군가로부터는 시시하다는 이유로 버려지기도 하지만,
또한, 누군가에게는 위안이 되기도 하는 사물(플라시보 오브제)
들에 대한 특별한 이야기이다.

나는 왜 〈시시한 사물〉에 주목하는가?

많은 사람들이 시시각각 만들어지는 수많은 소비재를 시시하다
는 이유로 버리기도 하고, 한편에선 전혀 다른 이유로 이러한 사물
들에 의미화하며 감정을 부여한다. 나 또한 남들이 보면 시시하다
고 할 만한 많은 사물을 가지고 있고, 주변인들 또한 이해 못할 시
시한 사물을 버리지 못해, 자신의 공간을 공유하며 살아가고 있다.
어찌 보면 시시한 것은 누군가의 기준이지 사물이 아니지 않은가.
그동안 주변인들의 인터뷰를 통해 그들의 삶 속에서 시시하지만
(일반적인 기준) 시시하지 않은(인터뷰 당사자) 사물에 대한 이
야기를 수집하였다. 대부분의 사람들에게 있어서 시시하지 않은
추억 속의 사물들은, 대개 그와 관계한 누군가를 떠오르게 하는 매
개체의 역할을 했다. 그것은 그저 물질로써의 사물이 아니라, 그와
정서적으로 감정을 교류한 어떤 누구이며, 그것을 떠올리는 것은
그리운 누군가를 그리워하는 것이었다.

사물은 추억의 반복적 되새김질을 통해 결핍된 마음을 위안하는 또 하나의 오브제인 셈이다.

작업은, 플라시보적 측면으로 사물에 대해 재조명하며, 이런 식의 나열이 어찌 보면 '세상에 시시한 것은 없다' 라 말하고 있는지도 모르겠다.

'시시하지만 특별한 사물'

나무쪼가리가 실패가 되어, 사람의 삶 속에서 100년의 세월을 감아가듯, 사물의 시간에는 사람의 삶이 역사가 되어 새겨져있다.
시대의 역사가 개인의 삶의 역사로 보여지고, 사람의 역사가 사물이 지나온 시간으로 보여지는 것.
사물의 이력은 개인의 삶 뿐 아니라 개인을 구성한 각각의 사회상과 시대상을 보여주기도 한다.

그러니 이제 시시한 사물에 주목해보자.

위안사물도_ (진행과정)

사람들에게 다음의 내용을 인터뷰 하였다.

-인터뷰 내용 -
1. '시시하다'
세상엔 시시하다고 이야기하는 것이 많습니다. 당신에게 '시시하
다'는 무엇을 의미합니까?

하찮다, 쓸모없다, 재미없다, 별 볼 일 없다, 흥미가 없다, 버려도
아깝지 않다, 지루하다, 흥미 없다, 싫증나다, 싸구려, 심심하다, 갖
고 싶지 않다, 중요하지 않다, 싱겁다, 엉성하다, 관심이 가지 않는
다, 쉽다, 유치하다, 말 같지 않다, 필요 없다, 아무 감흥이 없다, 반
복적이다, 신경 안 써도 된다, 수준 이하, 흔하다…

2. '시시한 물건'
당신이 생각하는 '시시한 물건'은 어떤 것들인가요?

싸구려 행사 용품, 검정고무줄, 옷핀, 주렁주렁 달려있는 라벨(태
그), 머리 헤어롤, 전단지, 비닐봉지, 노란 고무밴드, 굴러다니는
돌멩이, 이쑤시개, 먼지, 볼펜, 연필, 지우개, 압정, 문짝, 해진 운
동화, 구멍 난 양말, 한 쪽만 남은 귀걸이, 예전에 썼던 핸드폰, 철
지난 옷, 유치한 액세서리, 기능 떨어진 주방용품, 유행 지난 컵,

쓰지 않는 그릇, 아이들 아기 때 썼던 물건들, 전자레인지(전자파 때문에), 시어머니가 매번 가져다주시는 재활용품들, 망가진 호미, 줄 끊어진 낡은 기타, 삼류영화 비디오테이프, 모빌, 고장 난 장난감, 살이 부러진 우산, 엄마가 중국 여행 중 사 온 부채, 레이스 공주 옷, 비싼 자동차(내 것이 아니기 때문에), 명품이나 보석(같은 이유) 등…

사람들은 너무 흔하거나 너무 싼 물건, 흥미를 끌지 못하는 물건, 혹은 유행에 따라가지 못하거나 자신의 스타일과 맞지 않는 물건, 그리고 이미 쓰임을 다하여 더 이상 기능을 하지 않는 물건을 시시하다고 생각하고 있다. 또한, 자신의 생활 수준을 뛰어넘어 자신의 물건이라 생각하지 않는 물건 또한 시시한 물건이라 치부하고 있었다.

3. '시시하지만 특별한 물건'
당신이 생각한 '시시하지만 특별한 물건'이 있습니까?
생각하면 누군가 떠오르기도 하고, 애틋하기도, 웃음 짓게도 하는 것들로, 구체적인 경험을 들어 설명해 주시기 바랍니다.

이렇게 해서 나온 이야기들로 위안사물들은 채워지기 시작했다.
사물도는 인터뷰 대상자들이 보내준 사진을 바탕으로 그려졌으며, 텍스트 내용은 인터뷰와 저자의 코멘트로 구성되었다.

목차

위안사물도

위안사물도

액세서리

어린 시절 친구들이 선물해 준 액세서리들이 있다.
그리 비싸지도 않고, 유행이 지나기도 했고… 오래되어 색도
변하고 상해버린 것들이다. 그래도 그 안에 친구들과의 소중한
추억이 들어 있어서 아직까지도 버리지 못하고 있다. 그야말로
시시하지만 소중한 나의 물건들이다.

변○○. 49세

액세서리, 우리말로 장신구라 한다.

예전에 tv에서 아프리카에 대한 다큐를 시리즈로 한 일이 있었다. 그 중, 어느 원주민들의 생활모습이 잠시 나왔었는데, 그 모습이 충격적이라 아직까지 기억이 난다. 입술 아래에 구멍을 내어, 동물의 이빨을 원뿔형으로 갈아 구멍 안에 박아 넣거나, 코뚜레처럼 코를 뚫어 심지를 박고, 혹은, 목에 여러 개의 링을 걸어 목이 길어 보이게 하는 등등의 장면이었다. 어찌 보면, 그들의 미의식이 다소 기형적으로 보일 수 있으나, 이것은 그들에게 있어 아름다움을 추구하는 욕망의 표현 방식일 뿐이다.

욕망하므로 존재하고, 욕망을 충족시킴으로 존재감을 입증시키는 것.

장신구를 착용하는 것은, 인간이 가장 쉬운 방법으로 더 나아진 자신의 모습에 대한 동경을 욕망으로 충족시키는 것이다.

코카콜라병

나는 시집가고 얼마 안 되어 시아버님에게서 남편의 어린 시절 이야기를 들을 수 있었다.

남편의 어머니, 즉 나의 시어머님은 남편을 낳고 젖이 나오지 않았다. 시아버님은 기지를 발휘해 조선호텔에서 근무하던 친구에게서 코카콜라병을 어렵게 구했다. 당시엔 미국에서 병을 회수해 갔기 때문에 병을 구하는 것이 쉬운 일이 아니었다. 아버님은 콜라병 안에 분유를 타 넣고, 분유병의 꼭지와 비슷한 것을 병의 주둥이에 묶어 자신의 배고픈 아들에게 먹이셨다. 남편의 어머니는 몸이 회복되자 이내 직장으로 출근하셨고, 퇴근이 늦는 날이 많았다. 아버지는 같은 직장 비뇨기과 의사로 퇴근이 비교적 규칙적이어서, 어머니를 대신하여 안쓰러운 아들의 양식을 충족시켜 주었다. 물론 누군가에게 부탁할 수도 있었으나 그러기엔 너무나 귀한 아들이었다…

아끼는 아들이었던지라 며느리도 예뻤나 보다. 무뚝뚝한 성격이었지만, 며느리에게만은 이야기도 많은 다정한 아버지셨다. 지금은 시아버님이 돌아가신 지 5년이 지났다. 오래된 이야기지만, 이야기 끝에 새삼 날 예뻐해 주시던 그 모습이 생각난다.

홍○○. 62세

20

영화〈부시맨〉1980년작. 원제〈The Gods Must Be Crazy〉
아프리카 칼라하리에는 부시맨이라는 소수인종이 산다.
신의 선물로 알았던 콜라병이 부족 사이에서 내분과 갈등을 일으키자,
추장 카이는 병을 신에게 돌려주기 위해 땅끝으로의 모험을 감행한다.
영화는 생산수단의 사적소유가 원시공동체를 어떻게 붕괴시키는지를 보
여준다. 갈등이 생기기 이전까지 부족은 콜라병으로 물을 담거나 열매를
빻거나, 혹은, 반죽을 밀거나, 악기로 사용하는 등, 그것을 신의 선물로
써 공유한다. 사물은 사용자의 필요에 의해 얼마든지 변형되고 진화하는
것이다.

칼라하리의 콜라병이 전지적 신의 능력을 보이던 그해, 그보다 20년을
앞서서, 그것은 이 땅의 누군가에게 배를 불리는 보은을 하였다.
칼라하리 조종사의 우연이 아닌, 생명을 잉태한 자만이 생각할 수 있는
또 하나의 신의 선물일 것이다.

생일축하 편지봉투

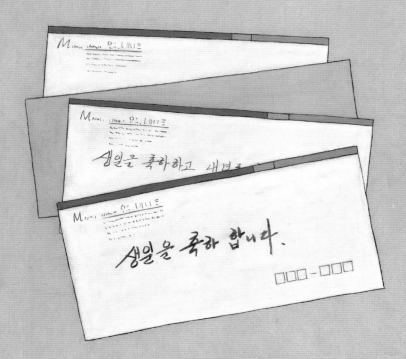

남자친구가 편지봉투 상면에
"생일을 축하합니다."라고 적어서
매년 생일 즈음에 건네주는데,
그 봉투가 좋아,
별거 아니지만 계속 모으고 있다.
내 생각을 하고 내 생일을 기억해주고 있구나,
하는 생각만으로도
기쁘고 감사해서 볼 때마다 좋은 느낌이 들어
버리지 못하고 간직하고 있다.

장OO. 49세

生(태어남)을 찬미하고 日(날)을 기억하라.

기념함으로 기억되는 날들을 위하여…

그런 날들에게서 우리는 작은 위로를 받으며
잊혀졌을지 모를 자신의 존재가치를 확인받는다.
따지고 보면 1년 365일, 모든 날이 기념하기 좋은 날이지 않은가
모든 날들을 기억하자.
모든 날들을 위로하자.
기념하지 않으면 기억하지 못하는 날들을 위해
기념함으로 기억하자.

때밀이수건

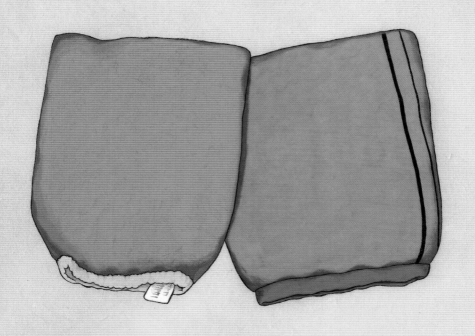

결혼 전,
나는 아이들 아빠에게서 제대로 된 프러포즈를 받고 싶었다.
그래서 받은 선물…
남편은 화선지에 붓펜으로 쓴 편지를
때밀이 수건 안에 넣어 풍선 장식과 함께 주었다.

때밀이 수건은 몸의 때든 마음의 때든
서로 간의 때를 밀어주는 것처럼
서로 간의 아픔도 밀어주자는 의미에서
아이들 아빠가 주었던 물건이다.
당시엔 황당하고 웃음도 났지만
의미를 알기에 소중했고 지금도 버려지지가 않는다.

나는 현재 이것을 은행통장과 함께 보관하고 있다.

윤○○. 44세

목욕탕에 나부끼던 삼색파워

때밀이 수건을 다른 말로, 이태리타월이라 부르곤 했다. 그러나 정작 이태리 사람은 모른다는 사실. 비스코스 원사를 이태리에서 수입하여 사용했기 때문이라고 한다. 1967년도에 개발되었다 하니 역사도 오래되었다. 까칠하면서도 톡톡한 감촉, 거칠지만 피부는 다치지 않고 때만 쳐내는 의외의 배려심, 세월 따라 유행에 휩쓸리지 않는 패션에 대한 자존심, 여전히 팬층을 거느리며 두터운 신뢰를 쌓고 있는 세신계의 스테디셀러.

큰일을 앞두고 새로운 각오를 다지며, 혹은 지나간 과오가 묵은 때와 함께 벗겨지기를 바라며 목욕을 하고 때를 밀지만, 그런 일이 아니더라도, 그저 때밀이 수건으로 목욕 한 번 하고 나면 그날은 몸도 마음도 개운하기만 했다.

웰컴티세트잔

27살에 결혼해서 28살에 큰애가 생기고 잘 해야겠다는 생각에 열심히 1, 2년 살다 보니 혼자 겪어내야 하는 것들이 생겼다.

친정은 부산이었지만 결혼하면서 포항으로 이주(시댁이 포항이었다)했기에, 처음 시집왔을 때는 친구도 없고. 아는 사람도 없었다.

그때 나에게는 하나의 로망이 있었다. 집에 손님이 오면 같이 차도 마시고 수다도 떠는 것이었다. 그래서 혼자 상점에 가서 커피잔과 잔받침 세트를 각각 5개씩 샀다. 지금 보면 못생기고 촌스럽지만 당시엔 유행했던 컵이다. 물론 지금은 포항 살이에 적응하여 친구도 있고 잘 살고 있지만, 옛날에 그거 보면 참 우울했다. 실제로, 큰아이 6살 때 우울증이 오기도 했었다. 지금은 왜 그랬을까 생각하니 바보 같기도 하고 우습기도 하다. 우리 집에 손님이 많이 왔으면 하는 바람이 컸었나 보다. 결국, 그때 나는 그 컵을 단 한 번도 사용하지 못했다.

박OO. 44세

welcome

어서 오세요, 환영합니다.

누군가를 기다리며 웰컴 티의 로망은 시작된다.

welcome

어서 오세요, 환영합니다.

로망은 기다림을 낳고 기다림은 설레임을 낳고

기약 없는 기다림에 설레임은 외로움을 낳는다.

welcome

어서 오세요, 환영합니다.

이방인은 거실 가득 그윽한 커피향을 기대하지만,

공간은 서글픈 여운만 감돌 뿐, 찻잔의 빈 그림자는 쓸쓸하기만 하다.

새로운 터전으로의 이주, 새로운 공동체로 편입하여 구성원의 일원으로 안착하기까지 이방인으로의 외로운 시간을 보내는 것은 언제나 당연한 수순인가… 우리는 이방인의 무게와 그의 외로움에 방관하는 경향이 있다. 그러나 이방인은 언제든 듣게 될 우리의 또 다른 이름일지도 모른다.

계발선인장

Miss 김… 결혼 전 직장에서 만난 그녀는,
나의 우울한 20대를 함께 해준 soul 친구이다.
친구는 결혼 후, 남편의 사업실패와 함께 첫아들을 연탄가스로
잃었고, 그 후, 남편의 목회 활동과 개척교회 가난한 목사의 사
모님으로 살았다.
가난했던 친구는 16년 전, 새집으로 이사한 나에게
3,000원짜리 게발선인장을 멋쩍게 웃으며 내손에 들려주었다.
지금도 봄이면 나는 예쁜 꽃을 피우는 선인장을 사진 찍어 그
녀에게 보내곤 한다.
지금 이 순간, 친구의 다른 아들 또한 병중에 있고, 그녀는 아
픈 아들의 병간호를 위해 24시간을 병원에서 생활한다.
빨리 쾌유하기를 기도한다.
그래야 Miss 김을 만나러 갈 수 있으니까…

임OO. 62세

뜨겁고 메마른 사막의 낮과 영하로 떨어지는 극한의 밤, 선인장은 척박한 환경에서도 나름의 식물구조로 강한 생존력을 갖는다. 그것은 갈기갈기 찢긴 상태라도 눈점 하나에 뿌리를 내려 싹을 틔우고 살아간다. 지구상에 선인장 만큼 강한 생명체가 있을까?

정열과 열정의 상징, 선인장의 꽃말은 '불타는 마음' 이다. 꽃이 피기도 힘들지만, 꽃을 피워서도 활짝 핀 모습은 하루만 허락된다고 한다. 인내와 끈기가 이뤄낸 강인함의 시간, 그 평생의 시간과 불꽃같은 하루의 시간이 저울질 할 수 없을 정도로 그의 시간은 아름답지만, 가장 힘들 때 꽃을 피운다니, 인고의 시간을 꽃으로 승화시킨 선인장의 인내가 대견하고 안쓰럽다.

반 백년 다림판천

어릴 적 엄마는 재봉틀로 뭘 만들고 할 때마다 자투리 천들을
모아 놓곤 하셨다.
그리고 나는 결혼할 때, 그것들 중 하나를 우연히 가지고 왔다.
나는 그것을 다리미판 위에 깔아서 사용했고
다리미판이 바뀌어도 그 위에 까는 헝겊은 계속 사용하고 있다.
내가 사용한 지도 25년이 넘었고, 엄마가 가지고 있었던 시절
까지 합하면 50년도 넘는다.
색깔도 누렇게 변했지만 아직도 잘 쓰고 있어서 만약 낡아지거
나 분실하면 매우 아쉬울 것 같다.

정OO. 56세

수백 번, 수천 번의 다림질
수없이 다려졌을 다림판 위의 천
다리미가 바뀌고 세간살이가 바뀌고
집이 바뀌고 길이 나고 아이가 커가고
큰아이가 집을 떠나 독립하였어도
다림판 위의 천은 바뀐 적이 없다.
수많은 옷 아래 받쳐져
세상이 바뀔 동안 쉴 새 없이 다려졌을 천은
그렇게 반복된 단련 속에
스스로 겸손함을 배운다.

실크스카프

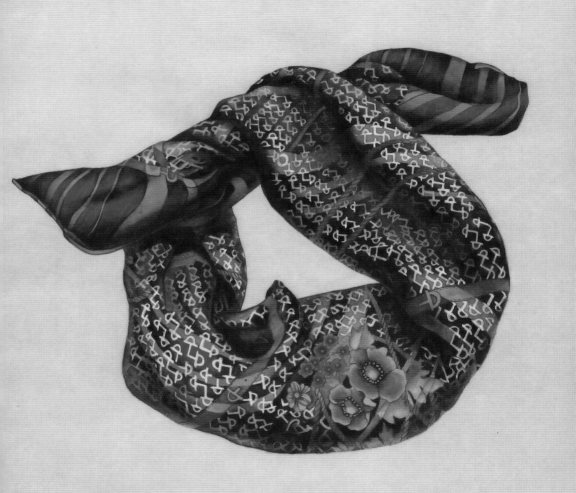

어렸을 때 엄마는 항상 바쁜 사람이었다. 난 늘, 종일 폭 안길 수 있는 엄마의 품을 그리워했지만, 바쁜 엄마는 집에서조차 피곤해 있을 때가 많았다. 그럴 때면 엄마의 목엔 어김없이 실크스카프가 감겨 있었다. 집에 있는 동안에라도 나랑 신나게 놀아주지 못하고, 지쳐있는 엄마의 모습이 그땐 참 싫었다. 그러나, 이제 엄마의 입장이 이해가 되는 나이가 되었다.

엄마를 말기 암으로 7개월 만에 보내고, 힘든 마음 추스르는 것이 많이 힘들었다. 그때마다, 엄마의 유품인 스카프를 목에 두른다. 그러면, 어렸을 적, 늘 그리웠던 엄마 품에 폭 안기는 것 같아 편안함이 든다. 지금도 찬 바람 불거나 몸이 아플 때 그 스카프를 보면, 그것만으로도 힐링이 되는 것 같다.

양○○. 43세

척추동물의 목은, 머리와 몸통 사이의 잘록한 부분으로 가장 약한 부위에 해당한다. 목을 감싼다는 것은, 자신의 핸디캡을 감추고 보호함을 의미한다. 적으로부터 보호하고 추위로부터 보호하는 것으로, 목을 감싸 주는 것만으로 몸의 온도가 일정정도 상승하기도 한다.

스카프.
신분의 상징에서 패션의 아이템으로, 또는, 보온을 목적으로 목에 두르는 사각의 천. 크기와 재질과 질감, 컬러와 패턴, 그 가격과 가치까지 사용자의 취향에 따라 종류는 다양하지만 그것이 갖는 본질은 다르지 않다.
날씨가 스산해지면 으레 찾는 것이 스카프이다. 목에 둘렀을 때 느껴지는 부드러운 감촉과 가벼움, 그리고 부담스럽지 않은 포근함 때문이랄까. 그 포근함에 그리운 이의 체온이 남아 있다면, 따뜻함은 배가 되고, 감촉은 그리운 이의 손길로 느껴질 것이다. 그리운 이의 스카프엔, 주술적인 힘이 담겨있다. 그래서 남겨진 이가 힘겨울 때, 그것은 격려가 되고, 위로가 되고, 응원이 된다. 그리운 이의 스카프를 목에 두르는 일은, 그래서 굉장한 뒷배를 두는 것이다.

낡은 취재수첩

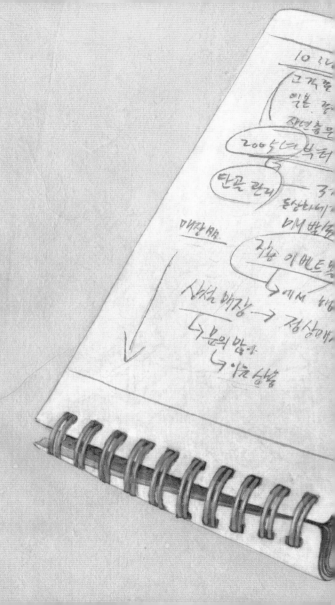

나는 18년 차 기자였으며, 4년 전까지 그러하였다.

기자라는 직업상 취재를 할 일이 많은 나는, 녹취보다는 수첩 기록을 선호해왔다. 내가 취재해 온 인터뷰는 대부분 삶에 대한 것들이었고, 사실보다는 느낌이 중요할 때가 많았기 때문에 수첩기록이 더 좋다고 생각한다. 물론 팩트가 중요한 인터뷰는 녹취와 기록 두가지를 동시에 진행하기도 한다.

인터뷰를 진행할 때, 정확한 녹취보다 수첩에 적은 선별된 단어와 문장들이 더 강렬할 때가 있다. 짧은 순간이지만 대화를 나누면서 들은 말에 느낌을 더해 수첩에 적는다. 이런 과정에서 중요한 포인트를 잡아낼 수 있다는 것이 녹취의 장점이기도 하다.

책꽂이 구석에는 낡은 수첩들이 꽂혀있다.
이삿짐을 쌀 때면, 정리하면서 몇 시간씩 들여다보기도 한다.
그럴 때면, 낙서를 들여다보는 재미가 있다.

정〇〇. 47세

기록으로 인해 가능한 일
과거와 현재와 미래가 하나의 시간 축 위에 놓이는 것

기록이 없다면 우리의 시간은
별을 볼 수 없는 시커먼 하늘 아래,
방향키를 놓친 항해사의 초점 잃은 눈빛에 비친
혼돈의 바다를 지나는 것과 같을 것이다.
기록이 없다면
우리의 이야기와 아버지들의 이야기는
존재하지 않을 것이다.
기록으로 기억되고, 기억되어 비로소 존재하는 것
기록은 모든 존재를 각인시킨다.

각인되어 만들어진 하나의 시간 축
우리는 그것을 역사라 말하며, 그 위에서 오늘을 살아간다.
더 나은 미래를 만들기 위해 기억할 것이며,
그러기 위해 누군가는
지금 이 순간 열심히 기록할 것이다.

별사탕

중학교 졸업 무렵,
나는 별사탕을 선물로 받았다.
나는 그것을 차마 먹을 수가 없었다.
처음엔 선물을 준 이가 친한 친구였기 때문이기도 했고,
예쁘기도 했기 때문이다.
그런데 지금은 너무 오래돼서 먹을 수가 없게 되었다.
하지만 그 덕분에 30년 이상 간직하게 되었다.
별사탕을 보면 그 친구가 생각난다.

김○○. 49세

예전에 건빵을 사면 별사탕이 들어 있었다. 조그만 비닐봉지 안에 간신히 몇 개 들어있는 설탕덩어리의 별모양 사탕. 퍽퍽한 건빵부터 먼저 먹고 달콤한 별사탕은 아끼고 아껴서 나중에 먹는다. 퍽퍽한 건빵에 목이 멜 즈음, 하나를 꺼내어 입속에 녹여 먹으면 그 달콤함은 스스로도 만족스럽다.

달콤한 동경
단내 나는 그리움
마음에 박혀버린 별사탕으로 인해
그것은 더 이상 사탕이 아니다.
그것은 별
목 메이는 별이다.

" …소년아, 저 모든 별들은
너보다 먼저 떠난 사람들이 흘린 눈물이란다.
세상을 알게 된 두려움에 흘린 저 눈물이
이 다음에 볼 사람들이 널 인도하고 있는 거지…"

        -〈해에게서 소년에게〉1997. 넥스트 4집. 중에서 -

쌀자루

내가 국민학교 2, 3 학년 때였을 것이다. 아버지는 집 근처에 있는 미군 훈련장에 가지 말라 하셨다.

"거기 가서 거지같이 초콜릿 얻어먹지 마라." 당시엔 초콜릿 얻어먹는 아이들이 많았고 아버지는 우리가 거기에 가는 것을 몹시도 싫어하셨다. 어느 날 나는 친구들과 미군 훈련장에 갔고 아버지는 어찌 아셨는지 내가 거기 갔는지를 물으셨다. 난 가지 않았다고 했다. 아버지는 쌀자루 하나를 들이밀었다. 40kg짜리 누런 쌀자루. 쌀자루 안에는 뭉툭하니 뭔가가 들어있었다. 아버지는 쌀자루를 향해 손을 넣으라 하셨다.

"쌀자루 안에는 뱀이 들어있어. 만약 거짓말을 하면 뱀이 널 물 거야. 그러니 손을 넣어봐. 네가 거짓말을 하지 않았다면 뱀에 물리지 않겠지." 결국 나는 사실대로 말하지도 손을 넣지도 못하고 울기만 했다.

거짓말한 것과 아버지의 말을 듣지 않은 것에 대해 나는 아버지께 매를 맞았다. 이제 와서 생각하면 아버지가 내게 보여준 사랑에 대해 그리움이 많이 남는다. 아버지에 대한, 그리고 아버지의 사랑에 대한 그리움만 남는다.

문○○. 49세

미군 부대 쌀자루를 채운 것은
뱀도 아니고 쌀도 아니었다.
그것은 자식이 세상을 살면서 갖길 바랐던 세상에 대한 자존심,
그리고 스스로에 대한 자존감이었다.
스스로 솔로몬이 되어 아들에게 당부하고자 했던
아버지의 사랑이 쌀자루를 통해 고스란히 전해진다.

부모란, 자식의 어린 시절 세상의 전부가 되는 사람이다.
그래서 자식 앞의 부모는
때때로 솔로몬이 되기를 두려워 하지 않는다.
그러나 안타깝게도 부모 또한 사람인지라
부모도 부족하고 모자라며, 실수하고 상처받는다.

사랑하는 자식의 자루에 당신은 무엇을 담아줄 것인가?
쌀, 돈, 권력… 아니면 지혜와 용기, 자존감…
무엇을 담든 그것은 자식을 사랑하는 모든 부모의 마음일 것이다.

난

아버지가 살아생전 애지중지하시던 난이다.
아버지 돌아가시고 지금은 내가 키우는데,
이놈이 아버지 돌아가신 여름 가장 더울 때마다
가장 아름답게 꽃이 핀다.
그리곤 잊지도 않고
매년 변함없이 그때쯤이면
꽃을 피워 온 집안에 난꽃 향을 뿌린다.
아마도 아버지가, 아끼던 난초의 꽃으로 돌아와
우리에게 향기로운 기억을 심어주시려 하는 것 같다…

최OO. 47세

난을 키워 본 사람은 알 것이다.

난을 키우는 일이 얼마나 어려운 일이란 것을.

난에 물을 자주 주면 뿌리가 물러져 죽게 된다.

봄, 가을, 겨울엔 10~12일에 1회,

여름엔 1주일에 1회만 주면 된다.

물을 줄 땐 충분히 주되, 물이 다 빠질 때까지 기다려야 한다.

난은 햇빛에 오래 두면 누렇게 변하기 때문에 반그늘 정도,

그러니까 햇빛의 30%만 받게 하고,

통풍이 아주 잘 되는 곳에서 키워야 한다.

난을 잘 키운다는 것은 이 모든 것을 충족시킨다는 것이며,

이것은 흡사 자식을 키우는 것과도 같은 것이다.

아버지도 그러했을 것이다.

자식을 보듯 난을 보았을 것이다.

그것을 꽃이 기억하고 향으로 뿜었으리라.

아버지의 귀환이, 가족들의 소환이,

그 여름의 향기가 되어 그 곳에 남았으리라.

담배은지와
연애편지

"눈을 떴을 땐 아무도 없다구
우울해하지 않았으면 좋겠는데…
코카콜라 먹구 힘내구
조금 흐린 오늘 좋은 소식이나
소소한 일들로 해서 행복했으면 좋겠당
좋은 하루 되셔…"

담뱃갑 속 은박종이에 쓰인 사랑의 편지.
딱지처럼 접힌 편지는 책상 위에, 읽던 책 사이에, 마시던 콜라나
커피 아래 살짝이 놓여 있곤 했다…

고OO. 44세

담배은박지의 크기 9x15cm

이중섭은 아이들에 대한 그리움을 은지 위에 그림으로 남겼고,
그의 독창성은 궁핍함 마저 예술로 승화시켰다.

누구에겐 그저 쓰레기인 담배은지
가난한 누구에겐 소중한 그림이 되고
사랑에 빠진 누구에겐 설레이는 연애편지가 된다.
은지 위에 새겨진 누구누구의 애틋함
감동은 크기에 국한되지 않으며
쓰레기가 보물이 되는 시간은 찰나적 순간이다.

공중전화카드

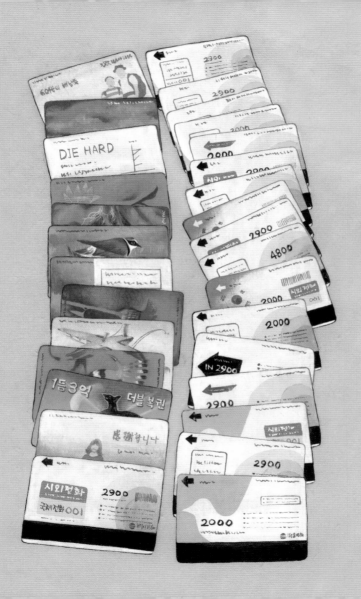

1994년부터 1997년까지 나는 공중전화카드를 모았다.

대학시절 돈이 별로 없는 나였지만, 지하철 패스와 공중전화카드는 항상 먼저 충전하거나 구입했다. 친구들과 연락하고 만날 수 있는 유일한 방법이었으니 말이다. 공중전화박스에는 버려진 카드가 종종 있었는데, 가끔 운이 좋으면 잔액이 남아있기도 했다.

나는 성격이 꽤 좋은 편이었다. 그래서 주변에 친구들이 많았고 전화카드를 쓸 일 또한 많았다. 반면 소심한 성격 탓에 연애 한 번 제대로 해본 일이 없다. 한번은 좋아하는 사람에게 전화하고 말 한마디 못한 채 끊었던 기억도 난다. 그래도 그것만으로 좋았었다.

서OO. 45세

교환수를 부르고 다이얼을 돌리던 시절을 지나, 동전만 있으면 길에서 통화가 가능하더니, 어느 새 카드가 동전을 대신하는 시절이 되었다. 그 모든 시절동안 우리는 수화기 너머의 사람에 주목하였다.

전화를 기다리는 사람들과 몇 개 남은 동전 사이에서 시간은 한정되어 있고 할 말은 많다. 아쉬운 마음은 애틋함이 되고 애틋함은 그리움이 된다. 이러한 애틋함이나 그리움은 데이터 무한대의 세상에서 느낄 수 있는 낭만은 아닐 것이다.

뚜뚜뚜…
끊겨버린 수화기 너머로 미처 말하지 못한 그 시절의 사랑이, 사랑이란 말로 도배되는 지금의 사랑보다 덜하다고 말할 수 있을까…

가끔은 그 시절의 낭만이 그리울 때가 있다.

별모자

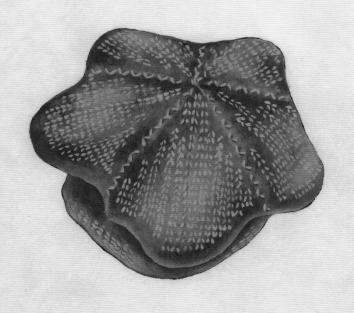

대학을 갓 졸업하고 홀로 생활하던 시기였다. 어쩌다 들어오는 아르바이트로 연명하며 사회로의 첫걸음을 시작하던 그 시절, 나는 참 돈이 없었다. 그렇다고 불행하진 않았다. 나는 화장을 하지도 않았고 옷을 사지도 않았고 물건에 대한 소유욕도 거의 없었다. 나에게 많은 돈이 필요하지 않았음을 말함이다. 그런데 딱 한 번, 물건 앞에서 망설인 적이 있었다. 인사동에서였다. 별모양의 진녹색 털모자. 내게는 좀 비싼 물건이어서 포기하고 돌아섰는데, 마음은 아니었나 보다. 두어 차례 몸과 마음이 갈등하는 사이 가게 주인은 그런 내 모습이 안쓰러웠는지 결국 크게 할인해주셨다.

지금 보면 엉뚱해 보이는 모자인데, 그때는 왜 그러고 봤는지 참 이상도 하다. 어렸을 땐 잘도 쓰고 다녔는데 지금은 왠지 쓰기가 어색하다. 아직도 서랍 한구석을 차지하고 있는 내 모자, 그 시절 내 마음에도 별이 필요했었나 보다.

박〇〇. 44세

도깨비가 남보다 우월한 것은
두 가지를 가졌기 때문이다.
도깨비감투와 도깨비방망이.
도깨비감투를 쓰면,
타인의 눈을 피해 그들의 허를 찌를 수 있고,
도깨비방망이를 휘두르면,
남다른 힘을 과시하며 +1을 행사할 수 있다.

우리는 누구나 도깨비의 것을 탐한다.
소심한 사람일수록 방망이보다는 감투에 끌린다.
그러나, 도깨비감투는 그저 감투가 아니다.
일상의 모든 순간, 모든 시선에서 일탈하는 것,
그것은 자유이다.
별모자도 그러하다.
모자이지만 감투와 같다. 그래서 그 또한 자유이다.
별 볼 일 없는 세상, 힘겨울 수 있는 이곳에서
우리는 적어도 도깨비감투 하나 쯤은 소유해도 괜찮지 않은가.

알루미늄 밥그릇

부모님이 결혼했을 당시, 우리 집엔 사기그릇도, 스텐그릇도, 그리고 알루미늄 그릇도 있었다. 우리는 생활이 어려워지면서 살던 대구에서 올라와 외할머니댁에서 얹혀살게 되었다. 그러다 5~6살에 서울의 구파발 물푸레골로 이사를 가게 되었는데, 그곳은 전기도 들어오지 않았다. 근지러워 서로 이를 잡아주고, 통조림 깡통에 석유를 붓고 무명 심지를 넣어 등으로 쓰면, 그을음이 일어 코가 시커메지던 그런 시절이었다. 당시는 어느 집이나 가난했지만 우리 집도 가난하기는 마찬가지였다.

나에겐 나만의 밥그릇이 있었다. 두꺼운 은색 빛의 알루미늄 밥그릇. 가난하기 전, 장자로 태어나 누릴 수 있었던 나만을 위한 혜택. 밥을 해 먹기가 어려운 날은 원조받은 밀가루로 수제비를 해 먹었다. 물론 나는 내 밥그릇에 담아 먹었다. 다른 형제들에겐 허용되지 않았던 온전한 나만의 것, 알루미늄 밥그릇은 힘든 시절을 보내야 했던 나에게 자부심이었고, 그래서 애착도 크고, 애틋하기도 하다.

얼마 전까지도 가지고 있었는데 이사하며 정리된 듯하다. 그것은 어머니도 나도 최근까지도 버리지 못하던 물건이다.

박OO. 58세

잘 먹고 잘 살게 해주소서…
별 것 아닌 듯 너무나 평범하지만, 오랜 세월 보름달에 빌고, 돌을 쌓아
빌고, 등을 달아 빌고, 우리는 그렇게 두 손 모아 빌며 부모의, 자신의,
자식의 안위를 빌었다.

 '금강산도 식후경!'
 '식사하셨어요?'
 '밥줄'
 '밥이나 먹지요'
 '밥숟갈 놓다'
 '밥이 보약이다.' …

우리는 삶을 대변하는 수많은 순간들에 '밥'을 말하였다.
밥은 생명이자 그것을 연장시키는 중요한 행위인 것이다.
밥은 살리는 것의 이름이고, 살리는 것은 위대함을 말함이며,
밥그릇은 그 위대함을 담는 또 하나의 이름이다.

누구나 화수분 같은 밥그릇이 있으면 좋겠다.
줄지도 넘치지도 않는…

검정고무줄

평생 고생만 하시던 울엄마. 힘겨운 시련 앞에서도 절대 낙담하지 않았던 울엄마는 2002년에 그동안 운영하던 88슈퍼를 정리하셨다. 코딱지만 한 가게였지만, 있을 거 다 있고 엄마처럼 가지런하니 예쁘게 정돈된 정겨운 가게였다. 엄마는 미술하는 딸내미에게 뭐든 필요하다 생각해 검정고무줄 한 다발을 챙겨 주셨지만, 정작 나에겐 쓸 곳이 없었다. 엄마가 준 것이라 버리지도 못하고 검정봉지에 넣어, 결혼 후까지 여러 해를 들고 다녔다. 그러던 어느 날이던가, 바지 고무줄이 헐었다는 것을 알았다. 순간 엄마의 고무줄이 생각났다. 한참을 찾은 후에야 손에 쥔 고무줄로 바지를 리폼해 입으니, 아무리 시시한 물건이라도 쓸 곳이 있구나, 하는 또 하나의 배움을 얻는다. 엄마는 선견지명이 있었던 것일까? 엄마의 검정고무줄은 살림을 하며 여러 곳에 유용하게 쓰였고, 2013년 즈음엔 거의 다 써 버렸다. 검정고무줄 한 다발, 그것은 다 써버리기엔 너무나 아까운 시집간 딸의 엄마에 대한 그리움이다…

박○○. 48세

내복의 검정고무줄을
잡아당겨본 사람이면 알 겁니다
고무줄에는 고무줄 이상이 들어있다는 것을
그 이상의 무얼 끌어안은 손, 어머니가 존재한다는 것을

그것으로
무엇을 묶어본 사람이면 또 알겁니다
어머니란 늘어났다 줄어들었다 한다는 것을
그래야 사람도 단단히 붙들어 맬 수 있다는 것을
훌륭한 어머니일수록 그런 신축성을 오래오래 간직한다는 것을

그러나, 그 고무줄과 함께
어려운 시절을 살아보지 않은 사람은 잘 모를 겁니다
어머니란 리어카 바퀴처럼 둥근 모습으로도 존재한다는 것을

그리하여 이 지상 모든 고무줄을 비교해본 사람이면 알 겁니다
세상에서 제일 훌륭한 고무줄이 나의 어머니라는 것을

-〈검정고무줄에는〉시. 김영남 -

100년의 실패

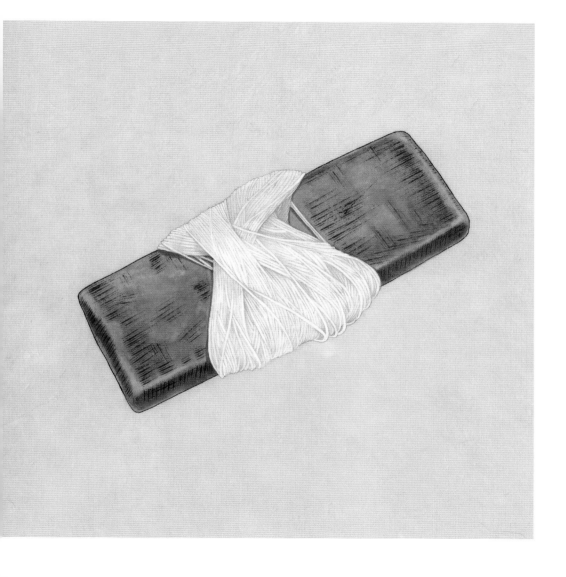

강원도 함백의 작은 시골 마을 아가씨인 내가, 얼굴 한 번 봤을 뿐인 영월 청년에게 시집온 것은, 내 나이 겨우 22살 때의 일이다. 남편 된 이의 집에는 7남매와 다소 무뚝뚝한 시어머니, 그리고 호랑이 할머니라 소문난 시할머니가 나를 기다리고 있었다. 남편은 결혼 5개월 만에 군에 가버리고, 나는 살림과 농사일을 거들며 그이 없는 시간을 보내야 했다. 무뚝뚝한 시어머니와 달리 시할머니는 나를 많이 이뻐해 주셨다.

그러다 어느 날,

"네 시어머니는 이런 걸 대수롭지 않게 여기니 네가 쓰거라."

하시며 본인이 쓰시던 실패를 시어머니가 아닌 내게 물려주셨다. 시할머니의 친정어머니가 쓰시던 물건이라고 하셨다. 나는 지금껏 그것을 잘 써 왔고, 아직까지도 버리지 못하고 있다. 그저 나무쪼가리이지만 오랜 시간 동안 손이 타 광이 나는 것이 이쁘기만 하다.

김OO. 74세

바느질 실을 감아 놓고 쓰는 재봉 도구를 실패라 한다.

예전에는 바느질 실을 타래로 팔았기 때문에, 가정에서는 이를 사서 실패에 감아 사용하곤 했다.

처음에는 나뭇조각, 동물의 뼈 등에 실을 감아 놓고 쓰다가 차츰 장식화되고 형태도 다양화되었다.

상류층의 실패는 화각 장식과 자개 박은 나전칠기로 화려하지만, 일반 민가에서의 실패는 투박하고 장식이 전혀 없는 것이 특징이다.

실만 엉키지 않으면 되는 것인가

인생도 엉키지 않으면 더 좋은 것 아닌가

길게 늘어선 인생의 고된 줄기마다

꼬일 대로 꼬여버린 누군가의 인생살이도

실 가는 길 따라가다 보면

엉킨 실 풀리듯 시원스레 풀렸으면 좋겠다.

의경단화

의경 복무 시절, 그러니까 1993년 즈음이다. 당시 일경이던 나는 비가 오든 눈이 오든 단화 한 켤레로 모든 생활을 해야 했다. 1년 가까이 신었을까, 단화는 닳고 떨어지고 늘어나 있었다.

언젠가는 경찰직원이 내 신발을 보더니 "대발이가 맞구나" 하며 놀라기도 했다.

원래 발 치수가 255mm이던 내 신발은 어느새 275mm로 늘어나 있었고, 신발이 늘어난 사이 내 별명도 하나 생겨 있었다. 바로 '대발이'였다. 드라마 〈사랑이 뭐길래〉가 한참 인기몰이 중이어서 극 중 주인공 대발이가 연상된 모양이다.

결국 버리기는 했지만, 진한 추억이 있는 물건이다.

고〇〇. 47세

인간은 원래 네 발로 다녔다지?
네 발에서 두 발로 섰으니 불안하기도 하겠으나, 그래도 한 발이 아니라 두 발인 것이 얼마나 다행인가.

땅을 딛고 걸을 때, 발에 신는 물건을 통틀어 신발이라 한다.
신발도 발에 신는 것이니 역시나 두 짝이다. 신발이 두 짝인 것은 균형을 맞춰 서야 한다는 것이며, 균형을 맞추는 일은 편견을 거둬야 가능하다.

신발이 딛고 선 것은 사람의 무게만은 아니다. 그것은 사람이 짊어진 인생의 무게이자, 사람이 살고 있는 그 사회의 무게이다.
아무것도 없이 세상에 나서, 자신의 무게를 온전히 지탱하며 세상의 무게까지 견뎌야 하니, 몸뚱이를 떠받치는 신발은 얼마나 튼튼해야 하겠는가. 신발의 낡음은 신을 신은 사람의 노곤함을 대신함이며 그 애달픔을 확인시키는 시각적 지표이다.

세상에 내딛는 두 발. 두 발을 내디뎌 균형을 맞추는 일은, 온 우주를 짊어진 신발 두 짝의 숙명이다.

한 번도 입지 않은 옷

42세 때 산 옷이 있다. 남편은 정비소 일을 하며 근면하게 살았고 기름 묻은 잠바만 입고 다니며 옷을 잘 사지 않았다. 가족만 알고 살며 양복 한 번 입지 않는 남편을 생각하니 나 또한 옷을 산다는 것이 생각보다 쉬운 일이 아니었다. 못 사게 하는 것은 아니었으나 미안해서 살 수가 없었다. 그러다 큰 맘 먹고 산 옷이 있다. 양품점 마네킹에 걸려 있던 당시 가격으로 3만원이던 윗옷. 너무 예뻐 보여 나를 위해 사기로 했다.

어쩌다 큰맘 먹고 산 옷. 그러다 부부싸움을 했다. 나는 집을 나왔고 집에 돌아온 날, 남편은 화가 나서 내 옷을 보이는 대로 집어다 태우려했다. 그 안에는 새로 산 그 옷도 포함되어 있었고, 나는 보이는 대로 맨 먼저 그 옷을 집어 들어 마당 한쪽 오동나무 위로 던졌다. 옷은 오동나무 가지 위에 걸려 가까스로 위기를 모면했다. 그 뒤로 앞섶을 손수 수선했는데, 맘이 안 들어 입지 않게 되었다. 그래도 아까워 버리지는 못하고 아직까지 가지고 다니고 있다. 한 번도 안 입어본 옷, 그러나 버리지도 못하는 옷, 옷만 보면 옛날 생각에 아련해지는 옷, 30년을 들고 다니는 철 지난 그 옷이 뭐길래…

신OO. 71세

양품점 유리창 너머의 옷은 그저 옷이 아니다.
옷을 입는 것과 상관없이 옷을 사는 것만으로 그것은,
힘겨웠던 지난 삶에 대한 보상이고,
알아주지 않는 고된 노동에 대한 훈장이며,
스스로를 위로하고 자조(自助 자기의 발전을 위해 스스로 애씀)하는
자기만의 의식이 되었다.

그러나, 유리창 너머의 옷은
향유하지 못하고 탐닉하지 못하고 내 것으로 취하지 못하자,
30년을 옷장에 처박혀 버렸다.
세끼 밥상과 가족의 일상 속에서 잊혀지고
끝끝내 스스로도 어색해져버린
내꺼 인 듯 내꺼 아닌 내꺼 같은 옷
옷이 훈장이 되면 안되는 이유이다.

만리포해수욕장기념수건

HAPPY DAY

HAPPY DAY
만리포해수욕장기념

결혼 후 어느 날인가, 친정에 놀러 갔는데 엄마가 옷장 정리를
하다가 발견했다며 보여주셨던 것이다.

만리포해수욕장기념수건.

어릴 적, 식구들과 서해바다에서 물놀이 하던 추억이 담긴 수건
이다. 날 덮어주고 아직까지 간직하고 있는 엄마에게서 사랑이
느껴졌다. 내 아이들에게도 그 사랑 전해주고 싶어 수건을 가지
고 집으로 왔다.

여름 내내, 나는 낮잠 자는 둘째 아이의 배를 수건으로 덮어주곤
하였다. 아이에게 수건을 덮어주거나 수건을 세탁하고 개면서,
나는 여행을 자주 다녔던 내 어릴 적, 우리 다섯 식구의 정이 새
록새록 다시 생각났다. 그리고 아버지, 특히 돌아가신 아버지에
대한 그리움이 샘솟았다.

이제 아이는 커서 덮어줄 필요가 없게 되었지만, 수건은 옷장
어딘가에 내 지난 추억과 함께 간직되었다.

서OO. 44세

결혼 10년 차. 나는 신혼 때 3개들이 2세트의 수건을 산 이후로, 그것들을 다시 산 기억이 없다. 식구가 둘이라 많이 필요가 없었고, 시댁에서 얻어 쓰고, 여기저기서 생기기도 해서 굳이 살 일이 없었다. 그렇게 산 수건보다 얻은 수건이 많아질 무렵, 수건들은 스타일과 상관없이 알록달록 자리를 차지하며 저마다의 사연을 써가고 있었다.

2007년엔 슬빈이가, 2013년엔 은결이가 첫 생일을 맞이했고,
2012년에 나는 밤섬 실향민 고향방문에 동참했으며,
2017년엔 마포문화원장이 새로 취임했다…

돌기념, 회갑기념… 00일보, 00종친회, 00문화원, 00기념사업회, 00협회, 00노무법인…
각각의 수건들이 무언가를 기념하고 각각의 단체들이 자신들을 알리려 함으로, 수건은 그들의 메신저가 되고 모두의 타임캡슐이 되었다.
가만 보니, 세상 다반사 수건 안에 모두 담겨져 있구나 싶다. 집안에 앉아 세상을 읽고 세월을 추억하니 이 또한 재밌는 일이다.

취향갤러리

얼마 전 친정에 갔을 때 나는 재미있는 신문물을 보았다.
어디선가 본 물건이긴 한데 어딘지 모르게 낯선 이것은 꽤나 흥미
를 자극했다.
어디서 봤던 물건이더라…
옳거니, 이것은 십 수해 전, 지역구에서 표심 좀 얻으려던 어느 정
치인의 밑 작업 뇌물이었다. 최근 성당을 다니던 아버지가, 국회
의원 아무개가 동네에 뿌려대던 시계 케이스에, 쌓여가던 성심(聖
心)을 그려 넣으신 게 아닌가. 시계는 안으로 빛나는 조명을 달고
서, 새하얀 벽면에 부착되어 새로운 기능을 부여받았다.

내가 기억하는 사업하던 아버지의 젊은 시절 취미는, 분재와 수석
모으기였다. 귀농과 더불어 시작된 비닐하우스 농사, 학교 앞 작
은 문구점, 그리고 매실농사… 20여 년의 세월 속에 아버지의 취
미는 가장이란 책임과 삶이란 굴레 속에 자취를 감추고, 대신, 세
월이 녹아있는 아버지만의 취향적 갤러리를 만들어냈다. 나는 아
버지의 집에 가면 주변을 살피곤 한다. 이번엔 뭐 새로운 것이 없
나? "이번엔 뭐를 만드셨어요?" …

아버지가 작품을 설명하실 땐 에너지가 넘친다.
뒷산에서 주워 온 고사목의 잔가지가 도마뱀을 닮았다며 으쓱해

하시고, 주워온 물건을 전리품이라도 획득한 양 자랑도 하신다. 이래저래 꾸며진 잡동사니들의 공간을 보며, 나는 어느 사이엔가, 미술을 접하지 않은 70대 노인의 감각에 탄복하게 된다.

가끔 누군가의 집을 방문할 때, 그 집 구성원의 취향에 따라 수집된 사물들이, 그의 미적 감각에 의해 배치되어 있는 상황을 종종 보게 된다. 사물의 수집을 비롯하여 자신의 미적 감각을 발휘하는 모든 과정에 행위하는 주체의 취향이 적용되며, 그 결과 행위자는 일종의 성취감과 심미적 쾌감, 안도감을 얻는다. 결국, 추억이 깃는 사물이든, 취향이 반영된 사물이든, 이들은 사람에게 일정 부분 위안을 준다. 취향 역시 플라시보적 측면에서 접근할 수 있으므로, 이후부터 위안사물의 연작으로 다뤄 보고자 한다.

작업은, 아버지의 집에서 시작하여, 다른 사람들의 집에 이르기까지, 취향이 극대화됨으로 위안을 얻는 공간을 찾아 표현하는 것으로 한다.
그리고, 이를 〈취향갤러리〉라 명명한다.

취향갤러리

아버지의 집: 거실 탁자

아버지의 농장: 비닐하우스 안 I

아버지의 농장: 비닐하우스 안 II

거실 장식장

어느 날 집에 와보니, 할머니가 하나 둘 주워 온 조화와 인형들로 거실은 한가득이다. 집 근처 쓰레기 분리수거장에서 주워 온 조화와 인형들... 가족들은 차마 말도 못 하고 다음처럼 이야기하곤 한다.
"우와~ 할머니 작품이다"
"할머니는 정말 꽃을 좋아하셔"
"참 아기자기하시네"
할머니는 그럴 때면 "예쁘지." 하신다.
꽃과 오밀조밀한 것을 좋아하시고, 다시 태어나면 잘 꾸미고 살고 싶다고 말씀하시는 우리 할머니. 살림이 지겹다고 하시면서도 이것저것 가져다 꾸미신다.
남들이 보면 때 타고 지저분한 것들.
할머니는 현재 병환으로 병원에 계시고, 그 참에 기회다 싶어 집안의 조화와 인형들을 일부 정리했다. 그래도 차마 다 버리지는 못했다. 할머니의 취미이자 작은 행복이 그 안에 담겨있기 때문이다.

노00, 51세
(인터뷰 당시는 2~3년 전이며, 할머니는 2017년에 별세하셨다.)

거실 그릇장

결혼할 때 엄마가 주신 그릇들과, 여행하면서 추억으로 사 모았던 그
릇들을 한데 모아 놓았다.

정○○. 50세

거실 수석장식장

1970~80년대 사이에 수석 모으기가 붐을 일으킨 일이 있었다. 나의 취미가 시작된 것도 이때쯤이다. 직장생활을 하며 주말마다 수석을 주우러 다니기도 하고, 개중엔 누가 보내 준 것도 있다.

여기저기 다니다 보면, 바람에 깎이고 물에 쓸리고, 혹은, 저들끼리 부딪쳐 마모되고 굴곡진 돌의 잔흔을 마주하게 되는데, 그러면, 오랜 세월을 흔적으로 새겨낸 그 돌을 보는 것이 좋다.

고○○. 75세

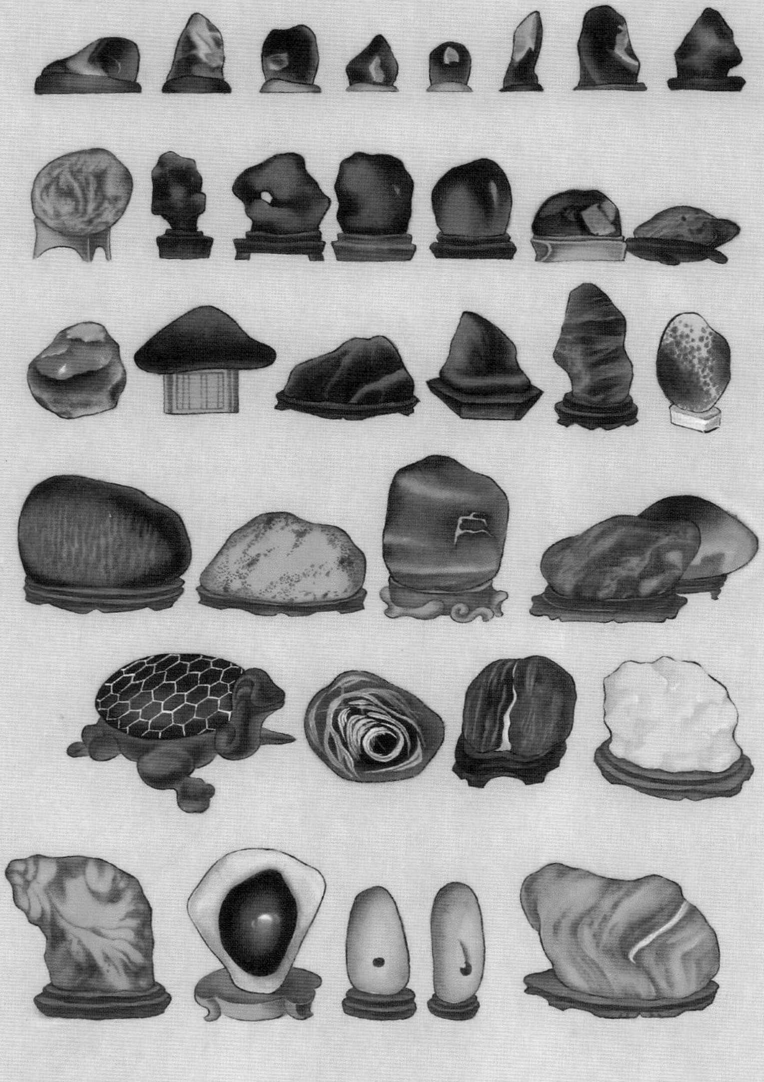

거실 장식장

나는 부엉이의 커다란 눈을 보면 저절로 미소가 지어진다.
그래서 부엉이 인형을 모으게 되었다.

신○○. 51세

거실벽면 〈냉장고 자석〉

여행하며 하나씩 사다 보니 지금과 같이 세계 각국의 특색있는 자석들을 모으게 되었다. 벽면 한쪽에 마련된 이곳이 나의 작은 갤러리이다.

최OO. 49세

길 위의 한 컷: 고목 위에 피어난 꽃

한 때 암사동은 개발붐으로 인해 여기저기 공사가 한창이었다. 반쯤
헐린 집들과 거대한 공사차량이 길을 막고 있는 모습들이 심심치 않
게 보였다. 역 주변으로 번화한 상가들, 그 주변으로 집들의 동네가,
그 주위로 잿빛 살을 드러낸(건설 중인) 아파트 단지가 동네를 에워
쌌다. 여기서 한 발짝 나아가면 비닐하우스와 고물상의 길이 나오고,
여기를 통과하면 바로 선사유적지다. 유적지의 동네에서 기대한 설렘
은 사라지고 개발의 흔적만이 즐비한 이곳의 낯섦은 당혹감으로 다가
왔다. 다른 길도 마찬가지다. 자동차 먼지와 재건축을 기다리는 헐벗
은 집들이 열을 짓고, 마치 공사장 한복판에 동네가 세워진 듯, 불안
정해 보이지만, 누구하나 불평하는 사람은 없었다…

피곤해하며 동네를 어슬렁대던 그 때, 내게 보인 한 컷의 장면은,
나무 위에 피어있던 한 무리의 꽃과 그 아래에서 오후를 즐기는 할아
버지의 모습. 자세히 보니 가지가 모두 잘려나간 고목 위에 누군가 꽂
아놓은 조화 다발이었다. 그것은 분명 천의 재질을 가지고 있었으나
그날 오후의 햇빛 아래에서, 그리고 노인의 머리 위에서 이상하게도
살아 숨 쉬고 있는 듯 했다. 누구든 그곳에 있었다면 꽃향기를 맡을
수 있었을 것이다. 나는 꽃들이 잿빛 도시에서 노인을 위로하는 것처
럼 느껴졌다. 그래서 조금은 쓸쓸하고 조금은 위안이 되었다. 조화지
만 생화보다 아름다운 순간이었다.

마치는 글

사람의 생애 중 잠시 머물다 간 사물들, 혹은 생을 이어 다른 생으로 옮겨 간 사물들이 있다. 한 세대를 거쳐 다른 세대를 품은 사물은 제 나름의 내력을 갖는다. 그것은, 비로소 누군가의 가족이 되고, 그들과 함께 한 시절의 아련한 추억이 된다. 사물은 사람과 삶을 공유한 스토리의 부활로, 사람의 기억 안에서 죽지 않는 영속성을 부여받는다. 사람 또한 사물에 내재된 기억의 바다 안에서 치유와 함께 위안을 얻는다. 앞서 21개의 위안사물과 10여 개의 취향 갤러리를 살펴보았다. 이것 역시 사물이 갖는 내력과 내러티브, 그리고 이것을 기억하는 사람들로 인해 그저 사물, 시시한 사물의 단계를 벗어난다.

대량화된 사회에서 너무 싸고 너무 흔해서 생긴 오명 '시시한' 사물이 얻은 오명에 비해 그것이 환기시킨 가치는 너무나 크다. 시시한 줄로만 알았던 내 주변의 사물, 버리지 못하는 데에는 이유가 있었다. 시시한 사물의 특별한 이야기, 그것은 바로, 보통 사람들의 보물같은 이야기들이다.

끝으로, 보물같은 이야기를 들려주고, 기억 한 조각 나눠 준 모든 분들께 감사드린다.

〈예술가도 책낸다〉 두 번째

2018년 하우와유가 기획한 두 번째 〈예술가도 책낸다〉 프로젝트 책이 나왔습니다.

'예술가로 먹고 살기'란 고민에서 출발한 이 프로젝트는 예술판매의 대안적 방법을 고민하다 예술가의 창작물과 텍스트를 책으로 만들어 보는게 어떨까 하는 마음으로 여기까지 왔습니다. 벌써 두 해 동안 진행되면서 올해까지 총 7명의 예술가들의 책을 제작지원 하였습니다. 2년 전 처음 이 프로젝트를 고민했을 때는 미술시장의 대안적 방법에 나름 고민하던 시기였습니다. 팔 수 있는 작품과 그렇지 않은 작품이 어떤 차이가 있는 것이며, 왜 차이점을 둬야만 하는 것인가 질문했습니다. 설치나 영상 소위 페어용 미술이 아니더라도 판매될 수 있는 지점을 고민하고 싶었습니다. 예술가가 예술로 먹고 사는 것이 당연하다 여겼고 그러고 싶었습니다. 물론 지금까지 본인도 실천하지 못하며 살고 있는 부분이지만, 예술로 먹고 살기 위해 애쓰고 있습니다.

처음 이 프로젝트를 기획하고 실행하자마자 본인이 출판에 전무한 사람이라는 걸 깨달았습니다. 책을 만들고 출판하는 방법을 전혀 모르는 상태에서 '이런 프로젝트를 하고 싶다'라는 마음으로만 시작한 이 프로젝트는 비온후 출판사를 만나 전문성을 가지고 견고해졌습니다. 감사할 따름입니다.

올해 함께한 박선희, 신지언, 정경빈 작가님의 수고에 감사드립니다. 카프카의 밤 서점 지기분들의 심사평을 첨부하며 책을 만들고 수고해주신 모든 분들께 감사드립니다.

카프카의 밤 심사평

박선희님은 주제와 텍스트, 시각 오브제가 잘 어우러져 완성도 높고 안정감 있는 기획을 보여주었습니다. 정경빈님은 투병기를 꾸밈없는 글과 함께 외려 역동적인 느낌의 회화로 표현하여 기존의 투병 기록들이 담고 있는 정서와 차별화된 지점을 보여주었습니다. 신지언님의 모큐멘터리는 텍스트와 시각 예술을 조화롭게 활용하여 본 사업의 의도와 부합하는 기획을 선보였습니다.

하우와유/HawRU

〈하우와유〉는 2017년부터 "How are you?"라는 영어의 한글식 발음인 〈하우와유〉라 는 이름으로 바꿔 활동하고 있으며 시각예술을 기반으로 한 기획, 비평, 작업을 하는 예술가들의 그룹이다. 〈하우와유〉는 인사를 건네면서 생기는 인연의 연결 고리라는 의미에서 만들어 졌으며 젊은 예술가들이 서로의 안부를 물으며 예술을 포기하지 않고 지속할 수 있는 힘을 주고 받고 예술적 힘을 실천할 수 있는 지점을 지향한다. 2017년부터 〈돗자리 프로젝트〉와 〈예술가도 책낸다〉 프로젝트를 기획 하고 실행 중이다. 〈하우와유〉는 부산을 기반으로 활동 중인 젊은 예술가 모임으로 스터디를 함께 하고 누구나 참여할 수 있는 열린 형태를 지향하고 있다.

F www.facebook.com/hellohelloartist
E helloartist2017@naver.com

기획	이봉미
진행	김수정 문규림

펴낸 곳	하우와유 + 비온후
펴낸 날	2018년 12월 10일
지은 이	박선희

ISBN	978-89-90969-55-2 02810
책값	16,000원

이 책은 부산문화재단의 2018년 청년문화육성지원사업을 통해 사업비를 지원받았습니다.